. . . . je lis, je fourmille, je grandis

22, rue Huyghens - 75014 Paris www.albin-michel.fr
Loi 49956 du 16 juillet 1949 sur les publications destinées à la jeunesse.
Dépôt légal : premier semestre 2002 — N° d'édition : 12265 — ISBN : 2 226 11952 3
Imprimé en Italie par Officine Grafiche de Agostini

MUZO

AMANDA CRAPOTA
Championne du monde

ALBIN MICHEL JEUNESSE

Salut ! Moi, c'est Amanda.
Le foot, j'y connais rien,
mais ça a l'air drôlement amusant.

Eh les gars! On fait un match ?

Où est ton équipe?
Tu peux pas jouer toute seule!

10 claquements de doigts
et voilà !

Ça les a bien fait rire, car c'étaient les champions du monde.

« À vous l'honneur, Mesdames », ils ont dit, pour rigoler.

J'ai donné un petit coup de pied.
Ils ont continué à se moquer.

Mais là, ils ont eu une drôle de surprise !

Aucun de ces gros malins
n'a pu arrêter mon ballon.

Un à zéro :
il fallait voir la tête qu'ils faisaient !

« Maintenant, on ne rigole plus ! »
a dit le capitaine en prenant son élan.

Seulement cette fois-là,
le ballon n'a pas bougé d'un centimètre.

Pendant qu'on emmenait le blessé,
chaque joueur a essayé
de soulever la balle. Sans succès.

Moi, je commençais à m'impatienter.

« Rouloti, roulota, va-t'en dans ce but-là ! »

Et c'est comme ça

que j'ai marqué mon deuxième but.

« Pulluli, pullula, 10 ballons pour Amanda ! »

... et maintenant, nous allons passer aux choses sérieuses !

Les pauvres !

ils ne savaient plus où donner de la tête !

Pourtant, à la 83e minute,
ils ont bien failli marquer.

Mais...

Il y avait faute !
L'arbitre a accordé un penalty.

Leur meilleur joueur s'est mis en place…

...mais avant qu'il ait pu tirer,
il se retrouva de la taille d'une souris.

On siffla la fin du match.

J'ai gagné!
À moi la coupe!
NON!

Qu'est-ce que t'as dit?
T'as triché!

T'es qu'une sale petite tricheuse !
Quoi ?!
Répète !
T'as très bien entendu !
Ah ouais... tu vas voir...
Tu me fais pas peur !

Alors là, ils m'ont tellement énervée…

...que je les ai transformés
en équipe de baby-foot.

Si y'a un truc que je peux pas supporter, c'est bien les mauvais joueurs !